ねこの町《まち》の本《ほん》屋《や》さん

ゆうやけ図《と》書《しょ》館《かん》のなぞ

小手鞠るい 作
くまあやこ 絵

講談社

「なんだか……」

小《ちい》さなためいきをひとつ、ついたあと、クララさんは立《た》ちあがりました。

「なんだかきょうは……」

ひとりごとをつぶやきながら、うろうろ、歩《ある》きまわっています。

たなからたなへ、歩《ある》きまわったあと、カウンターの前《まえ》にすわって、またひとりごと。

「とっても、ひまだわ」

高学年
ずかん
さかな
あ
か
さ
た
な
は
ま
や

ここは、ねこの町《まち》の「クララ・ブックストア」。
子《こ》どもたちのための本屋《ほんや》さんです。

クララ
ブックストア
OPEN

クララさんは、ついこのあいだ、ねこの町《まち》のおもて通《どお》りにひっこしてきたばかり。

本屋《ほんや》さんもまだオープンしたばかりなので、ドアもかべもてんじょうも、なにもかもがあたらしくて、ぴかぴかかがやいています。

いちばんかがやいているのは、本《ほん》だなの本《ほん》たちです。本《ほん》だなには、下《した》から上《うえ》まで、あたらしい本《ほん》がぎっしり、つまっています。

本《ほん》はしゅるい別《べつ》にわけられて、わかりやすく、きちんと、ならべられています。

名作
青い犬
アーサー猫
アラビアンナイト
あめちゃん
家なき猫Ⅰ
家なき猫Ⅱ
犬の惑星
いとしのねこプリン
エミールとねこたち
おはようエル！
恐るべき猫たち
オズの猫つかい
おやすみノア
風にのってきたミニヨン
風のタマ三郎
グリム猫童話
くるみわりとねこの王様
黒犬物語
江戸のねこ
黒猫白猫
小犬ものがたり
小ネコのハチ
こねこのぼうけん
古事記
今昔ねこものがたり
三猫士（上）
三猫士（下）
三匹のこいぬ
三匹のねこにゃあにゃあにゃあ
シナモンのおやすみ日記
しらゆきひめと七匹のこいぬ
白猫黒猫
シャーロックニャームズの冒険
小公猫
白い犬
タマは真夜中の庭で
竹林の七猫
ねこの五百年史
伝わる！しっぽの会話術
注文の多い猫
泥棒猫日記
図書館ねこディユーイ
どろんこごんちゃん
長ぐつをはいた犬
猫の一生
猫と庄造と二人のおんな
猫のいる日々
猫にかまけて
猫姫
猫町
ねこのおまわりさん
ねこのパンやさん
ねこたちのいるところ
ノアのおはなし
はなのすきないぬ
ブラウニーのたんけん
ビーナスだいすき
ぼうは一年生！
猫語の教科書
猫の歴史
老猫と海
月へいった猫
走れタマ！
わがはいはねこである
ミニヨンのひみつ

クララさんは、本《ほん》が大好《だいす》き。
子《こ》どものころから、ひまさえ
あれば、本《ほん》を読《よ》んでいました。
おやつよりも、
おひるねよりも、
本《ほん》を読《よ》むのが好《す》きでした。
本《ほん》のなかには、物語《ものがたり》がある。
楽《たの》しい物語《ものがたり》、おいしい物語《ものがたり》、
なつかしい物語《ものがたり》、
むねがどきどきする物語《ものがたり》。

悲《かな》しいことがあったとき、本《ほん》をひらけば、なみだはかわく。うれしいことがあったとき、本《ほん》をひらけば、もっとうれしくなる。

そんな本《ほん》のみりょくを子《こ》どもたちにつたえたくて、クララさんはねこの町《まち》のおもて通《どお》りで、本屋《ほんや》さんをひらくことにしたのです。

本屋《ほんや》さんをひらくことは、クララさんの長年《ながねん》の夢《ゆめ》でした。

毎日《まいにち》、大好《だいす》きな本《ほん》にかこまれて、しごとができる。

こんなにもしあわせなことが、ほかにあるかしら。

そう思《おも》って、わくわくしながら、オープンしたのですが——。

夕方《ゆうがた》になりました。

けっきょく、きょうのお客《きゃく》さんは、ひとりだけ。

その子《こ》はお店《みせ》に入《はい》ってくると、あたりをきょろきょろ見《み》ましただけで、出《で》ていってしまいました。

しょんぼりして、お店《みせ》をしめようとしているクララさんのせなかに、

「こんにちは」

入《い》り口《ぐち》のほうから、すずやかな声《こえ》が聞《き》こえてきました。

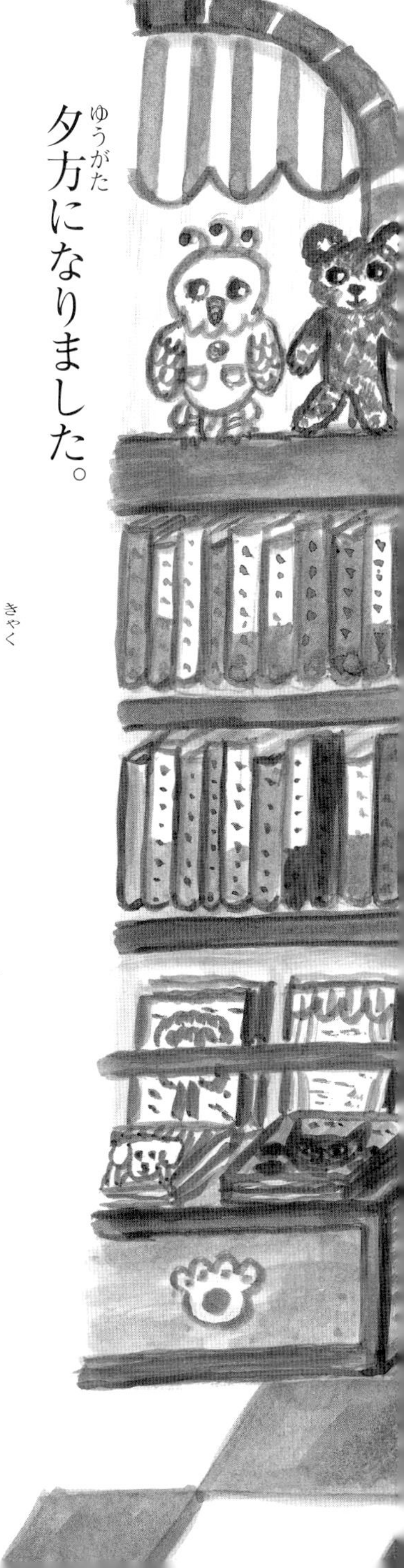

あっ！　お客《きゃく》さんだ！

「いらっしゃいませ」

クララさんはお日《ひ》さまみたいな笑顔《えがお》になって、お客《きゃく》さんをおむかえしました。

「ようこそ、リリアさん！」

ちかくでパン屋《や》さんをけいえいしている、リリアさんでした。「リリアのパン」のとびらの前《まえ》には、毎朝《まいあさ》、パンを買《か》いに来《く》るお客《きゃく》さんのぎょうれつができています。

リリアさんはクララさんに、バスケットをさしだしました。

「メロンパンがとってもおいしく焼《や》けたの。いっしょに食《た》べない？」

「うわぁ、うれしい！」

クララさんのおなかはぺこぺこでした。

さっそくミルクをあたためて、ココアをつくりました。

「レオくんとルルちゃんは？」

レオとルルは、ふたごのきょうだいです。クララさんは、レオとルルもリリアさんといっしょに、お店《みせ》に来《き》てくれたらよかったのになぁ、と、思《おも》っています。

「お友《とも》だちと、犬《いぬ》の村《むら》へあそびに行《い》っているの」

「犬《いぬ》の村《むら》？」
おどろいて、
クララさんは、
問《と》いかえしました。
クララさんがそれまで
住《す》んでいた町《まち》には、
犬《いぬ》と仲《なか》よしのねこは、
いなかったのです。
リリアさんは
うなずきました。

「そうなの、
犬《いぬ》の村《むら》にも、
あの子《こ》たちのお友《とも》だちが
たくさんいるの」
「すてき！
犬《いぬ》のお友《とも》だちがいるなんて。
いっしょにあそんだら、
楽《たの》しいでしょうね」

「犬《いぬ》の村《むら》にはね、図書館《としょかん》があるらしいの。子《こ》どもたちはそこで、本《ほん》を読《よ》むのがすごく楽《たの》しいみたいなの。みんな本《ほん》にむちゅうになってしまって、家《いえ》にもどってくるのがおそくなるのよ。どんな図書館《としょかん》なのかしら。わたしはまだ、行《い》ったことがないんだけど」

クララさんは、はっとしました。

本《ほん》を読《よ》むのがすごく楽《たの》しい？

本《ほん》にむちゅうになってしまって？

「クララ・ブックストア」がそんなお店《みせ》になれたら、どんなにすてきでしょう。

その夜《よる》、クララさんはベッドに入《はい》って、月《つき》をながめながら、そうぞうしてみました。

犬《いぬ》の村《むら》の図書館《としょかん》は、いったいどんな図書館《としょかん》なのだろう。

図書館《としょかん》だから、本《ほん》がたくさん、おかれているにちがいない。

どんな本《ほん》がおかれているのだろう。

子《こ》どもたちは、どんな本《ほん》にむちゅうになっているの？

どんな本《ほん》に……

そうぞうしているうちに、だんだん眠《ねむ》くなってきました。

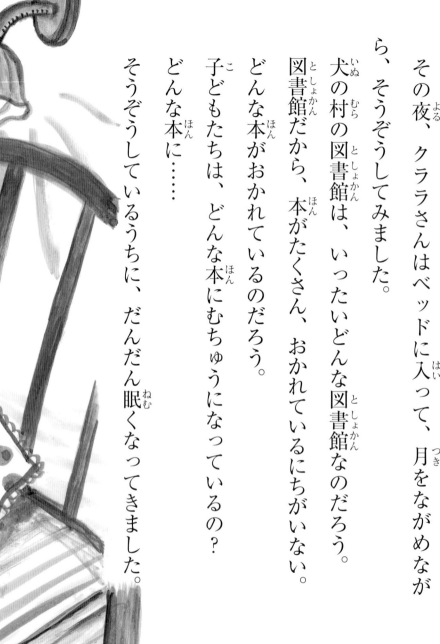

いつのまにか夜《よ》があけて、クララさんが目《め》をさましたとき、空《そら》はピンク色《いろ》のあさやけにそまっていました。

「わあ、きれい！」

あさやけの空《そら》をながめながら、クララさんは思《おも》いました。

そうだ！　犬《いぬ》の村《むら》の図書館《としょかん》をたずねてみよう。

じぶんの目《め》で、図書館《としょかん》を見《み》てみよう。

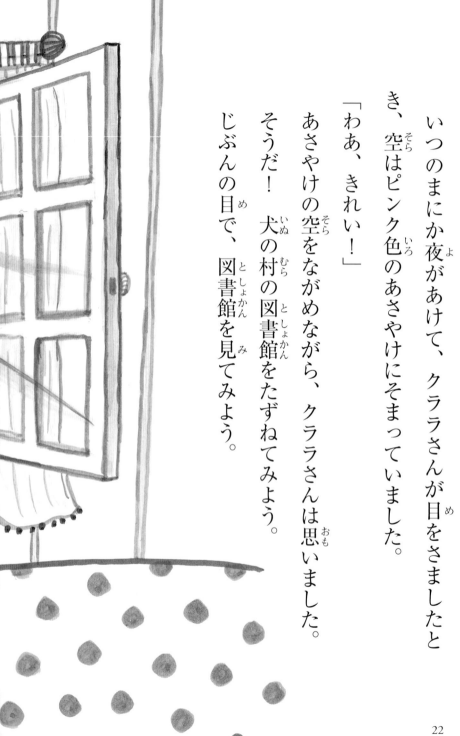

クララさんは、お店《みせ》をお休《やす》みにすると、てくてく歩《ある》いて、犬《いぬ》の村《むら》へむかいました。

とちゅうにある、見晴《みは》らしのよい野原《のはら》でおべんとうを広《ひろ》げて食《た》べて、おひるすぎに、犬《いぬ》の村《むら》につきました。

「どこにあるのかしら？」

歩《ある》きまわっているうちに、見《み》つかりました。

犬《いぬ》の村《むら》の図書館《としょかん》は、ゆうびん局《きょく》のちかくに立《た》っていました。

かんばんにはたしかに「――としょかん」と書《か》かれています。でも、はんぶんしか読《よ》めません。のこりは、からみついたアイビーの葉《は》に、すっぽりかくされています。

としょかん

「ここが図書館《としょかん》？」
クララさんは首《くび》をかしげました。
図書館《としょかん》のとびらはかたく、しまったままになっています。
きょうはたまたま休館日《きゅうかんび》なのでしょうか。
いいえ、そうではありません。
図書館《としょかん》はもう何年《なんねん》も、しまったままのように見《み》えます。
まわりには草《くさ》がぼうぼうと生《は》えていて、屋根《やね》には枯《か》れ葉《は》がくっついています。
まるで、ゆうれいやしきのようです。
ちかづいていって、窓《まど》に顔《かお》をくっつけて見《み》てみましたが、

なかのようすは、わかりません。もちろん、子《こ》どもたちのすがたもありません。

図書館《としょかん》をあとにして、帰《かえ》りかけたときでした。

どこからともなく、子《こ》どもたちの声《こえ》が聞《き》こえてきました。

ときどき「うわあっ」と、かんせいが上《あ》がっています。

とても楽《たの》しそうな声《こえ》です。

クララさんは、声《こえ》のするほうにむかって、歩《ある》いていきました。

村《むら》はずれまで歩《ある》いてきたとき、子《こ》どもたちのすがたが見《み》えてきました。

子《こ》どもたちは広場《ひろば》にあつまって、元気《げんき》いっぱい、みんなでサッカーをしてあそんでいます。

よく見《み》ると、ルルとレオのすがたもあります。ルルがけったボールを、レオが頭《あたま》でうけて、犬《いぬ》の女《おんな》の子《こ》にパスしています。

「なぁんだ、図書館《としょかん》じゃなくて、サッカーだったのね」

ねこの町《まち》にもどったら、リリアさんに教《おし》えてあげなくちゃ、と、クララさんは思《おも》っています。

子《こ》どもたちがむちゅうになっているのは、本《ほん》じゃなくて、ボールなのよ、と。

クララさんもむちゅうになって、子《こ》どもたちのサッカーをながめていました。

太陽《たいよう》がすこしずつ西《にし》のほうにかたむいていき、空《そら》がオレンジ色《いろ》のゆうやけに、そまりはじめました。

と、そのときです。

犬《いぬ》の男《おとこ》の子《こ》のひとりがさけびました。

「見《み》て、ゆうやけだ！」

すると、元気《げんき》な犬《いぬ》の女《おんな》の子《こ》が言《い》いました。

「ほんとだ、行《い》かなくちゃ！」

子《こ》どもたちの声《こえ》がかさなりました。

「行《い》こう」「行《い》こう」「急《いそ》ごう！」「ゆうやけ図書館《としょかん》へ！」

子《こ》どもたちはみんなそろって、走《はし》りだしました。

ゆうやけ図書館《としょかん》？

そんな図書館《としょかん》があるの？

どこに？

クララさんはあわてて、子《こ》どもたちのあとを追《お》いかけて走《はし》っていきました。

「おやっ？」

ゆうびん局《きょく》のちかくまでもどってきたとき、クララさんはおどろいて足《あし》をとめ、目《め》をまんまるくしました。

なんと、ゆうれいやしきのように見《み》えたさっきの図書館《としょかん》に、あかりがともっているではありませんか。

それだけではありません。

しまったままだったとびらは、大《おお》きく左右《さゆう》にひらいて、なかから音楽《おんがく》がながれてきます。

ようこそ、ゆうやけ図書館《としょかん》へ、よく来《き》たね、みんなの図書館《としょかん》へ……まるで子《こ》どもたちをさそっているような音楽《おんがく》です。

子《こ》どもたちはつぎつぎに、入《い》り口《ぐち》からなかへ入《はい》っていきます。

クラさんもそっと、子《こ》どもたちのあとから、図書館《としょかん》に入《はい》ってみました。

古《ふる》い本《ほん》のかおりがただよってきて、クラさんは思《おも》わず、くしゃみをしてしまいました。

「あっ、クララさんだ」

クララさんのすがたに気《き》づいたのは、レオです。

「クララさんも、本《ほん》を読《よ》みに来《き》たの？」

そう言《い》いながら、ルルもちかづいてきました。

クララさんがうなずくと、ルルはうれしそうに、しっぽをふりました。

「わたしたちのお友《とも》だちをしょうかいするね」

いつのまにか、クララさんのまわりに、犬《いぬ》の子《こ》どもたちがあつまってきていました。

「ぼくのなまえは、
ガブリエルです」
サッカーでゴールキーパーを
つとめていた男《おとこ》の子《こ》です。

「あたしはケイトといいます」
みごとなシュートを
決《き》めていた女《おんな》の子《こ》です。

「ぼくはリッキー」

ハンサムな男《おとこ》の子《こ》です。

「ぼくはノアです」

やさしそうな男《おとこ》の子《こ》です。

「わたしはクララよ。

ねこの町《まち》で本屋《ほんや》さんを
ひらいているの。

わたし、本《ほん》が大好《だいす》きなの」

クララさんがそう言《い》うと、子《こ》どもたちはみんな、手《て》をぱちぱちたたいてよろこびました。

「ぼくたちも大好《だいす》き！」

子《こ》どもたちはクララさんに、図書館《としょかん》のあんないをしてくれました。

「ここは、森《もり》のたんけんコーナー」

かべ一面《いちめん》に貼《は》られている森《もり》の地図《ちず》を指《ゆび》さしながら、ケイトがせつめいします。

「どの本《ほん》を読《よ》めば、どんな森《もり》のなかまに会《あ》えるのか、わかるようになっているの」

森のたんけん
りす
はりねず
おおかみ
くま
とり
たぬき
きつ
ぎ

クレヨンを手《て》にしたノアが、クララさんをとなりの部屋《へや》へつれていってくれました。

「ここは、らくがき絵本《えほん》コーナー」

ノアは絵本《えほん》が大好《だいす》きで、絵《え》をかくのがとくいです。

絵本《えほん》の部屋《へや》のかべには、だれでも好《す》きなだけ、らくがきをしていいことになっています。

だれかがかいた絵《え》に、べつのだれかが色《いろ》をぬっています。

友《とも》だちといっしょに、一枚《まい》の絵《え》を完成《かんせい》させるのです。

らくがき
えほん
コーナー
あか
きいろ
みどり

「ここは、
かみしばいの部屋《へや》だよ」
ガブリエルは
かみしばいが大好《だいす》き。
本《ほん》で読《よ》んだお話《はなし》を、かみしばいで、
もういちど、見《み》るのが好《す》きなのです。

かみしばい
はじまり　はじまり!!
はじまり　はじまり!!

「ここは、きょうりゅうの
本《ほん》をあつめた部屋《へや》」
　リッキーはみんなから
「きょうりゅうはかせ」
とよばれています。
「まあ！」
「なんてことでしょう！」
「すてき！」
　クララさんはさっきから
ずっと、おどろいてばかりです。

はっけん!!恐竜
きょうりゅうのなぞ
きょうりゅうずかん
恐竜!!学

こんなに楽《たの》しい図書館《としょかん》があったなんて。
こんなにも楽《たの》しくて、こんなにもわくわくする図書館《としょかん》があったなんて。
でも、どうして、ひるまは、ゆうれいやしきのように見《み》えたのかしら。
クララさんがふしぎに思《おも》っていると、ノアがその答《こた》えを教《おし》えてくれました。
「この図書館《としょかん》は、ゆうやけが見《み》えた日《ひ》だけに、ひらくんです」
なるほど、かんばんのはんぶんにかくれていたことばは「ゆうやけ」だったのですね。

いったい、館長《かんちょう》さんはだれなのでしょうか？
クララさんは、あたりをきょろきょろ見《み》まわしました。

リッキーが教《おし》えてくれました。

「館長《かんちょう》は、ハワードゆうびん局長《きょくちょう》さんのおばあちゃんだったんだ」

おばあちゃんは遠《とお》い昔《むかし》になくなってしまったけれど、今《いま》は、孫《まご》のハワードゆうびん局長《きょくちょう》が、ゆうやけの日《ひ》にそっと、かぎをあけてくれるのだそうです。

「クララさん、こっちへ来《き》て」

ルルとレオがクララさんの手《て》をとりました。

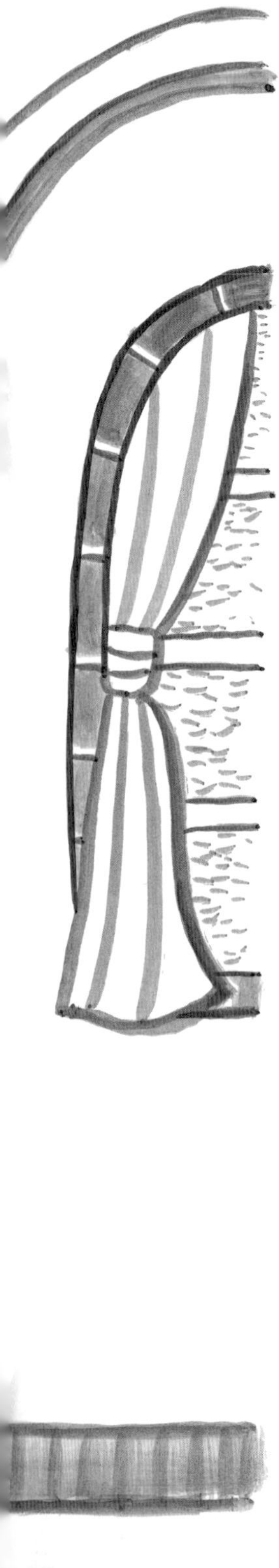

ケイトは、図書館《としょかん》のいちばんおくにあるドアを指《ゆび》さしています。

ドアのむこうからは、アコーディオンの音《おと》が聞《き》こえてきます。

子《こ》どもたちの笑《わら》い声《ごえ》も。

いったいあのドアのむこうには、どんな本《ほん》が？

ケイトがドアをあけました。

「すごーい！」

子《こ》どもみたいに、クララさんは飛《と》び上《あ》がりました。

子《こ》どもたちがのっているのは、
子《こ》どもたちの大好《だいす》きな童話《どうわ》の本《ほん》
『空飛《そらと》ぶものがたり』に出《で》てくる、
登場人物《とうじょうじんぶつ》たちの
メリーゴーラウンドです。
偉大《いだい》なねこ作家《さっか》の書《か》いた
『空飛《そらと》ぶものがたり』の
主人公《しゅじんこう》は、くじらです。
毎日《まいにち》、空《そら》をながめながら、
「いちどでいいから、飛《と》んでみたい」

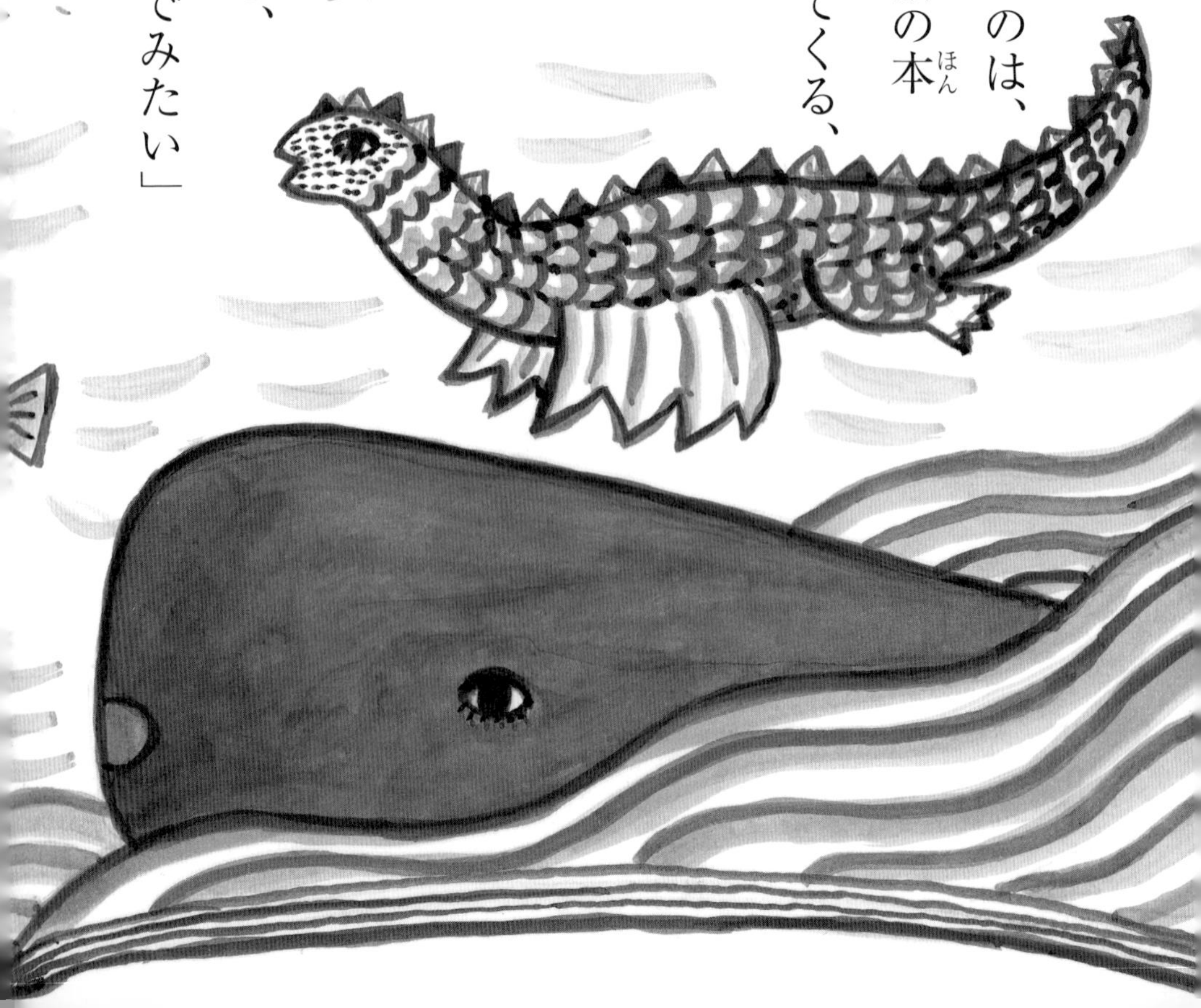

と思《おも》っていたくじらが、
飛《と》び魚《うお》と、つばめと、
かもめと、きょうりゅうから、
飛《と》びかたを教《おし》えてもらって、
いっしょうけんめい練習《れんしゅう》し、
さいごには空《そら》を飛《と》ぶお話《はなし》。
空《そら》にのぼったくじらは、
星《ほし》と月《つき》と宇宙《うちゅう》ロケットと
友《とも》だちになって、空《そら》の海《うみ》を
すいすい泳《およ》ぐのです。

クララさんは、くじらにのりました。

ケイトは飛《と》び魚《うお》に、ノアはつばめに、ガブリエルはかもめに、リッキーは空《そら》飛《と》ぶきょうりゅうに、レオとルルは宇宙《うちゅう》ロケットに。

雲《くも》にのっている子《こ》もいます。

星《ほし》にのっている子《こ》も、月《つき》にのっている子《こ》もいます。

古《ふる》い音楽《おんがく》にのって、古《ふる》いメリーゴーラウンドはぎしぎし、音《おと》を立《た》てながら、まわりつづけます。いつまでも、いつまでも、いつまでも――。

くじらのせなかにのって、子《こ》どものころに読《よ》んだ『空《そら》飛《と》ぶものがたり』をなつかしく思《おも》い出《だ》していたクララさんの頭《あたま》のなかで、なにかがピカッと光《ひか》りました。

そうだわ！

たいせつなことを忘《わす》れていた！

たった今《いま》、思《おも》い出《だ》したわ！

本《ほん》のひみつを。

クララさんの思《おも》い出《だ》した「本《ほん》のひみつ」とは、いったいどんなひみつだったのでしょうか。

それから何日《なんにち》かがすぎた、ある日《ひ》のことです。
ねこの町《まち》のクララさんの本屋《ほんや》さんの前《まえ》で、犬《いぬ》の子《こ》どもたち
——ケイトとリッキーとノアとガブリエル——が立《た》ちどまっ
て、ひそひそ話《ばなし》をしています。
「どうしたのかな？」
「きょうはお休《やす》みなのかな？」
「おかしいね」
四人《にん》は、クララさんの本屋《ほんや》さんに
来《き》てみたくて、わざわざ犬《いぬ》の村《むら》からたずねてきたのです。で
も、お店《みせ》はしまったままです。かんばんも見《み》あたりません。

そこへ、リリアさんと
レオとルルが通《とお》りかかりました。
「あのね、クララさんのお店《みせ》はあさって、
あたらしくオープンするよていなの」
と、リリアさんが教《おし》えてくれました。
「あさってか……」
「ざんねんだったわね。
かわりに、うちのパン屋《や》で、
あげたてのドーナツを
ごちそうするわ」

「おいしいね」
「あつあつだね」
子《こ》どもたちが
ドーナツを
食《た》べているとき、
クララさんは、
本屋《ほんや》さんのなかを
行《い》ったり来《き》たりしながら、
もようがえをしていました。
「うん、これはこっちね」

本《ほん》をならべかえて、おもしろそうなコーナーをつくっています。
〈森《もり》のどうぶつたちと友《とも》だちになれる本《ほん》〉
〈海《うみ》のなかまたちと友《とも》だちになれる本《ほん》〉
〈けんかしたなかまとなかなおりのできる本《ほん》〉
〈がいこくの犬《いぬ》と友《とも》だちになれる本《ほん》〉
〈友《とも》だちといっしょに月《つき》へ行《い》ける本《ほん》〉……
たなはどれも、子《こ》どもたちの手《て》がとどくように低《ひく》い位置《いち》に。
お店《みせ》のまんなかには、大《おお》きなじゅうたんをしきました。
子《こ》どもたちはそこに、しゃがんだり、ねそべったりして、

えらんだ本《ほん》を自由《じゆう》に読《よ》んでみることができます。 これまでに
読《よ》んだ本《ほん》の感想《かんそう》を、 つたえあったりすることも。

クララの
友だち書店

お店《みせ》のなまえも変《か》えました。

「クララ・ブックストア」から「クララの友《とも》だち書店《しょてん》」に。

本《ほん》のなかには、友《とも》だちがいる。

本《ほん》をひらけば、友《とも》だちに会《あ》える。

本屋《ほんや》さんへ行《い》けば、友《とも》だちに会《あ》える。本《ほん》のなかにいる友《とも》だちと、本《ほん》の外《そと》にもいる友《とも》だちの、りょうほうに。

読《よ》めば読《よ》むほど、友《とも》だちがふえる。

本《ほん》は友《とも》だち――。

これが、メリーゴーラウンドにのって空《そら》を飛《と》んでいたとき、クララさんの思《おも》い出《だ》した「本《ほん》のひみつ」だったのです。

それからまた何日《なんにち》かがすぎた、ある日《ひ》のことです。

「ああ、なんてことだ。これはたいへんだ。いそがしい、いそがしい」

犬《いぬ》の村《むら》のハワードゆうびん局長《きょくちょう》は、朝《あさ》はやくから、しごとをしています。

「これはねこの町《まち》へ」

「これはとなりの犬《いぬ》の村《むら》へ」

「ええっと、こっちは……」

あつまった手紙《てがみ》やはがきの住所《じゅうしょ》とあて名《な》を見《み》ながら、ゆうびん局長《きょくちょう》はいっしょうけんめい、しわけをしています。

POST
POST

わけるだけでもたいへんそうなのに、配達《はいたつ》するのは、もっとたいへんなことでしょう。

でも、ハワード局長《きょくちょう》は、にこにこしています。

手紙《てがみ》やはがきをうけとった人《ひと》たちのよろこぶ顔《かお》をそうぞうすると、局長《きょくちょう》もうれしくなるのです。

あて先《さき》はどれも、本《ほん》を書《か》いたねこ作家《さっか》と犬作家《いぬさっか》。

それにしても、ほんとうにたくさんの手紙《てがみ》とはがきです。

みんなはいったい、どこのお店《みせ》で本《ほん》を買《か》って、読《よ》んだのでしょうか。

POST

と
が
の村に
語」で
『ゆかいなどうぶつぼうけん記』
とってもおもしろかった！
ぼくもいつかアフリカの
草原へぼうけんに行きたい。
そして、そこでライオンと
友だちになりたいです。
『しあわせなねこのお話』
よみました。すごくよかった。
わたしもこねこのミィちゃん
と友だちになりたい。

『めずらしい犬のことば』
を読んで、がいこくの犬
友だちになる方法
わかった。こんど犬
行ったときには「いぬ
あいさつしてみよう。
つづきもよみたいです。
かんどうしました!

小手鞠るい｜こでまりるい

1956年岡山県生まれ。同志社大学法学部卒業。1981年「詩とメルヘン賞」、1993年「海燕」新人文学賞、2005年『欲しいのは、あなただけ』で島清恋愛文学賞受賞、2009年絵本『ルウとリンデン 旅とおるすばん』（北見葉胡／絵）がボローニャ国際児童図書賞受賞。2012年『心の森』が第58回全国青少年読書感想文コンクール課題図書に選ばれる。他に『シナモンのおやすみ日記』『きみの声を聞かせて』『ねこの町のリリアのパン』など。

くまあやこ

1972年神奈川県生まれ。中央大学ドイツ文学専攻卒業。装画作品に『はるがいったら』（飛鳥井千砂／著）、『スイートリトルライズ』（江國香織／著）、『雲のはしご』（梨屋アリエ／著）、『世界一幸せなゴリラ、イバン』（キャサリン・アップルゲイト／著・岡田好惠／訳）、『海と山のピアノ』（いしいしんじ／著）、など。絵本に『そだててあそぼうマンゴーの絵本』（よねもとよしみ／編）、『きみといっしょに』（石垣十／作）など。

シリーズマーク／いがらしみきお
ブックデザイン／脇田明日香

この作品は書き下ろしです。

わくわくライブラリー
ねこの町《まち》の本《ほん》屋《や》さん　ゆうやけ図書館《としょかん》のなぞ

2018年9月11日　第1刷発行

作　小手鞠《こでまり》るい
絵　くまあやこ
発行者　渡瀬昌彦
発行所　株式会社講談社
〒112-8001 東京都文京区音羽2-12-21
電話　編集 03-5395-3535　販売 03-5395-3625　業務 03-5395-3615
印刷所　株式会社精興社
製本所　島田製本株式会社

N.D.C.913 79p 22cm
ISBN978-4-06-512793-3